해바라기를 두고 내렸다

책 만 드 는 집 시인선 154

해바라기를
두고 내렸다

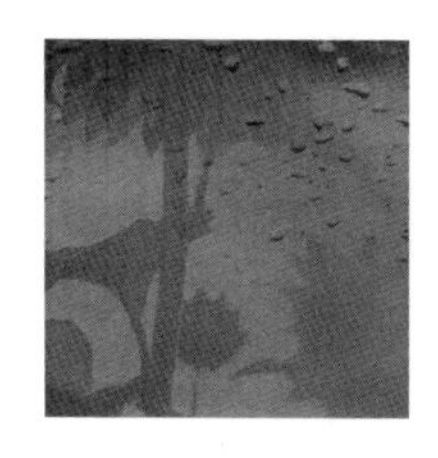

정희경 시조집

책만드는집

| 시인의 말 |

내가 뱉어놓은 말들이
날아오르기를 바라며
문을 연다.
그래도 거기, 남은 말이 있다면
별에게 주리라.
부끄러움은 나의 몫이다.

– 2020년 8월
정희경

| 차례 |

2부

3부

4부

5부

1부

테트라포드tetrapod*

봄날을 행진하는 비정규직 깃발들

삼삼오오 스크럼 짜고 밀려와 부딪친다

저만치 꿈쩍도 않는

항구의 붉은 불빛

* 파도나 해일을 막기 위해 방파제에 사용하는 콘크리트 블록.

우산에 관한 기억

고흐가 선물해 준 해바라기를 두고 내렸다

타히티역 출구에 후두둑 비가 내린다

떠나온 아를의 방에 해바라기 피겠다

손을 떠난 우산은 사이프러스의 별이 되거나

거울 속 자화상으로 선명히 남아있다

원시의 타히티섬엔 해가 반짝 나겠다

종이컵

90℃ 커피가 자꾸 화를 돋우더니
서서히 식고 있다 온몸이 축축하다
늦도록 불 밝힌 사무실 만년 대리 책상 위

새벽을 들이켜는 손가락이 희고 길다
복사기의 거친 숨결 보고서를 씹고 있다
한순간 사정없이 구겨져 던져지는 24시

간벌한 숲 사이로 울리는 브라보 소리
두 손으로 감싸는 체온은 남았는데
찰나가 지나간 거리 칼바람에 밟힌다

장마

국밥집 노할매의 목소리가 굵어진다
'그래도 내한테는 금쪽같은 자식인 기라'
창문을 두드리는 비
삿대질이 한창이다

다섯 살 언저리의 마흔다섯 칠봉 아재
그 많던 손님 곁을 사슴처럼 뛰는 날
문 닫고 뜨겁게 말아낸
붉은 국밥 두 그릇

수국

눈 밝은 별 하나가
지상에 내려와서

울다 지친 초록 바다
두고 간 햇살 조각

기도실
수녀님 이마
흰 베일을 건는다

씨앗호떡

남포동 고소한 줄 운촌시장 건너왔다
마흔둘 이력 적힌 노총각의 종이컵
차지게 늘어진 오늘 따뜻하게 담겼다

몇 번을 주물러서 숙성된 햇살 덩이
고시원 전전하다 발길이 멈춰있다
씨앗을 가슴에 품어 발아하는 내일처럼

구름이 모여 사는 운촌시장 그 처마 끝
뜨거운 프라이팬 버터기름 흥건해도
씨앗은 손길을 따라 한 송이 꽃 부푼다

플로럴 폼floral foam*

불 꺼진 빈방들이 하나둘 늘어나면

단물이 빠져나간 온몸이 푸석하다

피어서 화려한 꽃들 지나간 길 아슴하고

끝없이 밀어 올린 물관부의 퍼런 상처

가시 박힌 자리마다 골다공증을 앓는다

한때는 눈부시던 리본 노을에 와 펄럭인다

* 꽃꽂이에서, 꽃을 꽂을 때 쓰는 녹색 합성수지. 흔히 오아시스라 불린다.

다슬기

-근황 2017년 3월

이 길에 숨었다가
저 길로 피했다가

유속 따라 무늬진
딱딱한 옷 한 벌

파랗게
질린 얼굴이
봄을 열고 나온다

태평염전

태양의 피라미드* 갯벌에 우뚝 섰다
사자死者의 길* 걸어가던 푸른 심장 그 울림
파도를 밀어 올려서
하얀 뼈로 남는다

퉁퉁 부은 무릎으로 오체투지 함초들
칠면초의 붉은 몸 엎드린 채 번져가고
맑은 물 제단에 바친다
하얀 눈물 고인다

내일을 대파질하는 염부의 짙은 주름
참았던 울음들이 간수로 흐른다
태양의 피라미드에
찬란히 핀 소금꽃

* 태양의 피라미드, 사자의 길 : 멕시코 고대 문명 테오티우아칸Teoti-huacan(신들의 도시)에 위치해 있다.

금계국

밤마다 산을 넘는

달들이 모여 핀다

기차가 흔들리는

절개지 언덕배기

두고 온 딸아이 얼굴

창문마다 노랗다

짜글이찌개

벗겨지고 구겨진 어제 같은 양은 냄비
새벽이 끓고 있다 오늘이 졸아든다
호명을 기다리고 선 인력시장 귀퉁이

처음부터 자작한 물 침묵에 사라지고
간이 밴 묵은지는 기다림이 뭉근하다
축축한 목장갑들이 연탄불을 둘렀다

짜글짜글 끓는 소리 웅성임도 식어간다
졸아들다 눌어붙은 벌건 양념 그 위로
눈발이 하얀 눈물이 사선으로 내린다

갑자기 2

산딸나무 아래에서 한참을 서있었다

빗물에 씻겨 나간 충혈된 신호등들

여우비 긋기를 기다리다 횡단보도를 놓치다

온몸으로 받아놓은 초록 잎 눈물 덩이

완강한 몸부림이 바람에 울컥하다

어깨를 툭 치고 간다, 낯선 가을 한 줄기

레이스 짜는 여자

하얗게 꽃을 올린다 열사熱沙에 핀 오아시스
그물도 쇠사슬도 정녕코 아니더라
선인장 검은 가시들이 핀을 박는 아마존

얽히고 비틀어진 걸음에 무늬진다
꼬아서 엮어가는 식민지 두터운 벽
석양은 풀리지 않는 긴 매듭을 짜고 있다

신화는 흘러가도 맥박은 반복되고
대서양을 넘어오는 애끓는 노랫가락
정교한 레이스* 위에 집 한 채를 짓는다

* 포르투갈 식민지 시절 흑인 노예의 문화로부터 발전해 온 브라질 북부 지역의 문화유산인 빌로 레이스bilro lace.

경력단절

채 덜 핀 모란 한 송이 거실로 데려왔다
튼실한 꽃대에 잎도 몇 장 붙여서
잘린 면 맺힌 물방울 배웅인 듯 떨린다

꽃 잃은 초록 마당 밤늦도록 술렁였다
화병에서 서성이는 잘려 나간 물의 길
이름을 애타게 부르는 자줏빛이 번진다

만지면 부서질 듯 꽃부리 얇아진 몸
고개 떨군 잎자루에 가느다란 잎의 맥박
향기로 모란은 피어 거실은 오늘 밝다

2부

대서 大暑

몸 빨간 소쿠리에 푸른 사과 너덧 알

운촌시장 한길가 뙤약볕에 나앉았다

온종일 누렇게 뜬 얼굴 기다림이 나른하다

단내 쫓던 초파리들 초점이 흐려진다

물기도 말라가고 아삭함도 지워지고

푸석한 몸뚱어리들 날이 함께 저문다

점멸등

과속으로 내달리던 경부선 고속도로

느리게 깜박깜박 오늘은 걷고 있다

이승에 놓지 못한 끈 앞뒤로 매달고서

스쳐 갔던 휴게소에 목련이 희게 진다

과적의 지난날은 가벼이 조문하고

그 뒤를 가르던 바람 껌벅껌벅 따른다

영산홍

도열한 붉은 소리
우동천을 흐른다

숨조차 쉴 수 없는
옷 한 벌 걸치지 않은

고시촌
빽빽한 불빛
정지된 듯 피어있다

덤벙 접시

운대리 가마터*에 까치가 울다 간다
덤벙 담갔다가 건져 올린 달을 향해
시간의 백토를 입힌 그 기다림 한 조각

손금은 마디마디 무뎌지고 둥글어졌다
먼 길 오실 손님 위해 길마다 해를 달고
정갈히 닦아낸 접시 실금마저 보얗다

내 사랑도 한때는 일렁이는 가마였다
일렁이다 사그라져 흰 재만 남아있을
운대리 깊숙이 묻어둔 말간 슬픔 고인다

* 전남 고흥군 운대리 분청사기 가마터.

배웅

뚜벅뚜벅 타고 오는 새까만 구두 소리

또박또박 따라 걷는 새로 산 흰 운동화

긴 복도 중환자실에 느릿느릿 뻗어있다

구조조정, 그 후

구덕산 오르는 길 침목들이 밟힌다
더 촘촘히 내어준 가장의 긴 등허리
기차가 닿지 않는 역 기다림이 가파르다

소음도 진한 소음 다 받아낸 낡은 몸
목이 쉰 메아리가 붉은 쇳물 뱉어낸다
올라야 훤히 보이는 등뼈같이 곧은 길

갈라진 틈 사이로 곤줄박이 쉬다 가고
정상엔 진달래가 한창이라는 소식이다
희미한 나이테 따라 기차가 돌고 있다

태화강 떼까마귀

검디검은 강물이 하늘로 흘러간다

대숲에 숨어들어 깃을 접는 철새들

노을의 짙은 함성이 광화문에 깔리듯

뜸

쌓이는 시간 위로 마른 쑥을 놓는다

닳아진 관절에도 늘어난 힘줄에도

바쁘게 달려온 오늘 뜸 들이는 중이다

속속들이 뜸이 들어 익어가는 쉰 고갯길

잃었던 초록 들판 쑥 향이 묻어온다

주름진 내일의 날씨 탱탱하게 풀린다

에펠탑

어릴 적 잃어버린 아버지의 사다리
먼 시간을 달려와서 센강에 서있다
별 하나 따러 가시던 내 유년의 아버지

폴 고갱을 그리다가 몽마르트에 잠든 날들
화폭을 가득 채운 현란한 색채 너머
쌀 한 줌 일상의 기도는 당도하지 않았다

불 켜진 긴 사다리 도시에 별이 뜬다
녹이 슨 계단 따라 센강은 삐걱이고
벽면의 풍경화 한 점 사다리를 오른다

꼭두서니

대기 시간 깊어지는 인력시장 사무실

초록 덤불 헤집고 보일 듯 말 듯 꽃은 핀다

희뿌연 입김의 행렬 속 가느다란 알전구

새벽을 서성거린 뿌리 같은 발이 붉다

가시가 송송 돋은 빈 줄기의 휘청거림

바닥은 꼭두서닛빛 아침 해가 번진다

바람의 길

초승달 푸른 입술 골목길을 기웃댄다
안으로 들지 못한 바람의 발자국들
밤새워 아쟁을 켠다
잠결까지 덜컹이며

유리창에 부딪혀 갈기갈기 흩어져도
가까이 귀를 대고 더듬는 별빛 몇 개
가끔은 그대 휘파람
모서리에 얹힌다

빵천동

오븐에 잘 구워진 햇살이 문을 연다
푸석한 밀가루가 꽃잎으로 발효될 때
골목길 바람 소리는 오늘도 고소하다

아이들 가방 속엔 글 읽는 학원전*
크레이프* 켜켜이 별들이 내려앉고
달콤한 타르트* 위에 웃음을 토핑한다

일인 가게 은영 씨 늦깎이 김 사장님
밤새워 숙성된 눈물 부풀려 지워졌다
빵천동** 달콤 폭신한 꿈 골목 따라 흐른다

* 학원전, 크레이프, 타르트 : 빵 이름.
** 30여 개의 빵집이 골목마다 자리하고 있는 부산시 수영구 남천동의 별칭.

감 이파리

감들이 익을 때면 먼 산도 익어가는데

윤이 나는 감 이파리 그 몸 아직 시퍼렇다

단단히 붙든 꼭지에 말라있는 눈물 자국

불치병 아들보다 하루만 더 살고픈

어미의 냉가슴은 물들지도 못한다

기도는 하늘에 올라 노을빛 감이 익는데

불턱

휘파람새 앉은 자리 물 냄새 축축하다
젖은 날개 말려주는 한 평의 파도 소리
바람이 숨겨두었다 물소중이 물적삼

갈아입은 고무옷 더 깊이 더 오래도록
망사리 짙은 무게 버티고 선 테왁 너머
휘파람 숨비소리도 너울 속에 묻힌다

자박자박 파도 끌고 물질 가는 아침 바당
바람이 감추어둔 잘 마른 날개옷들
불턱*에 깃발로 펄럭인다
굽은 등을 밀고 있다

* 제주 지역에서 해녀들이 물질을 할 때 옷을 갈아입거나 쉬던 장소.

동안거

말문을 닫으셨다
동공을 닫으셨다

천장만 응시하는
새희망 요양병원

발걸음 오가는 소리
바람으로 여기실까

3부

어떤 명함

달리는 오토바이가 명함을 휙휙 던진다

비스듬히 내리는 때 이른 진눈깨비

급전이 필요하십니까 즉시 대출 싼 이자

불 꺼진 치킨집 앞 수북한 고지서처럼

폐업 처분 가격 인하 가속력 칼금처럼

가장의 낡은 구두에 추적이는 누런 낙엽

갈치젓

통곡의 제주 바다 토막토막 절인다
억새가 꽃 피려면 아직도 먼 봄인데
살아서 퍼덕이는 해 다랑쉬를 오른다

은빛 비늘 일제히 파도로 밀려가는
삭을 대로 삭아서 하얗게 밀려가는
밀려서 미어진 자리 눈물꽃이 벙근다

그날을 뒤집으면 짠 내만 남아있다
봄날이 지워진 채 문드러진 가슴 한켠
중산간 다랑쉬마을 억새들이 절여있다

퉁퉁마디

쏟아붓는 태양을 향해
순례는 시작되었다

그에게 건너오는
눈물들 다 들이켜고

가슴을
쩍쩍 가른다
무릎 꿇은
기도 길

조가비 팔찌

-동삼동 패총

밀려온 파도 소리 조개무지에 두고 갔나

수천 년 뱉지 못한 투박조개 울음소리

수평선 둥글게 묶어 손목에다 두었다

밀물로 다가왔다 이내 사라진 얼굴 하나

갈거나 다듬은 길 기다림이 납작하다

살점은 녹아내려도 더 선명한 기억들

열사흘 달

추석을 기다리는 운촌시장 부산하다
더딘 시간 밀고 가는 할머니들 재바른 손
난전에 빙 둘러앉아 콩나물을 다듬는다

어느 집 차례상에 고이 올릴 보름달
살아온 얘기들이 노랗게 총총 박혀
발들은 잘려 나가도 하늘 높이 뜨겠다

현관懸棺지기*

철쭉을 꺾어 바친 노옹이 그랬을까
천 길의 낭떠러지 끌고 가던 소를 놓고
헌화가 붉은 한 소절 묘족으로 피었다

맨발로 맨손으로 긴 벼랑을 오른다
막다른 길목 앞에 관의 행렬 배웅하는
허공에 붉게 매달린 귀환 또한 가볍다

수직 같은 이승은 강물에 흘러가고
하늘 향해 올리는 바람의 저 육신들
비바람 쓰다듬는 시간 꽃 한 송이 바친다

* 관을 높은 곳에 매다는 묘족의 장례 풍습인 현관의 장례 절차를 책임지는 사람.

폭포

한 여인이
돌아서서
어깨를
들썩인다

등 뒤로
흘러내린
가지런한
머리카락

하얗게
눈물이 뚝뚝
바람빗에
묻어난다

청도 할매김밥

-지슬리

후미진 골목길에 덜컹이는 미단이문
물기를 쏙 빼버린 장식 없는 표정들
무심한 흰 종이 위를 거침없이 말아낸다

근하신년 새긴 달력 벽면을 응시한다
양은 쟁반 자주 목단 꽃잎은 바래져도
손마디 거친 손금이 육십 년을 버텼다

꼬들꼬들 말린 생이 오독오독 씹힌다
양념에 버무려진 굽이굽이 노을의 길
김 한 장 무말랭이 몇 줄 허기에 톡 쏘는

철거 2

재건축 운촌마을 잡동사니 버려졌다

몇십 년의 습관 위로 겨울바람 삐걱이고

늦은 밤 길고양이들 웅크리다 돌아간다

양은 냄비 세발자전거 집게차에 끌려갔다

입주권 받아 들고 다시 오마 약속 뒤로

별 하나 떠나지 못해 글썽이는 골목길

죽순竹筍

가시 같은
말들이
마디마디
걸려있다

거침없이
내지르던
'임금님 귀는
당나귀 귀'

연필심
뾰족하게 올려
받아 적는
표제 하나

굳어지다

말라가는 시멘트 위 푹 파인 발자국들

힘 잃은 낙엽처럼 신호등을 기다린다

온종일 건너지 못한 도로변 저쪽 세상

지난밤 빗물 방울 눈물로 어려있다

그 위를 다녀가는 빌딩들 현란한 빛

행인들 눈길 몇 점이 동전으로 고인다

빌딩풍

마린시티 쏘다니다

몸집을 부풀린다

빌딩에 자꾸 부딪쳐

시퍼렇게 멍이 든 채

긴 혀로 으르렁거린다

깊은 골목 회오리

주꾸미와 코다리

매콤한 불판 위에 온몸을 꼬고 있다
봄날이 제철이라 알 품은 주꾸미
어두운 피뿔고둥 속 제집인 줄 알았다

마른 듯 아닌 듯이 꾸덕꾸덕 코다리
찜기에 발 쭉 뻗고 태연히 누워있다
해풍에 겨울을 이긴 바다 냄새 그대로

오르는 전셋값에 무거운 종종걸음
고단한 퇴근길이 소주잔에 묶여있다
환한 봄 떠나온 것들 그 안부가 밟힌다

숭어와 센텀시티 5

ㅡ적조

쇠오리 자맥질이 바람 따라 더디다
수영강에 가라앉은 빌딩 숲 그림자들
왜가리 붉은 발목이 센텀 벽에 젖는다

저녁 등 밝아오면 눈물도 붉게 번져
창문을 두드리는 물결 속 작은 부리
숭어는 뛰지 않는다, 말문 닫은 수영강

4부

박태기나무

울 할매 어제 흘린 밥풀때기 몇 조각

꽃대 따윈 필요 없어 나무 몸에 붙어 핀다

아범아 밥이 참 곱제 식기 전에 마이 무라

밥심으로 살았는데 살아서 견뎠는데

어무이 이제 이게 어무이 밥줄이라요

링거 줄 자꾸 뜯어버리는 요양병원 98호

죽을 끓이다

자꾸만 가라앉아 밑바닥에 들붙는다
윗물은 아직까지 뽀얗게 훙건한데
흡수를 거부당한 채 생쌀들이 누웠다

물갈퀴 가지는 꿈 한 번도 꾼 적 없다
젖은 날개 퉁퉁 불어 꺾이고 뭉개져도
알갱이 그 흔적조차 가긍스레 사라져도

무겁게 가라앉는 노량진 공시생의 길
펄펄 끓어 튀어 오른 푸른 불꽃 확 줄이고
뭉근한 시간을 기다린다 위아래를 젓는다

4월, 풍경

아파트 담벼락에 기호들이 줄 섰다

벽보를 훑고 가는 확성기 들뜬 음성

핑크빛 애드벌룬이

벚꽃으로 만발한

부음

역방향에 앉아서도 기적 소리 흐느낀다
점으로 멀어지는 나뭇잎 그 사이로
원동역 상춘객들이 매화처럼 붉었다

때 맞춰 출발하고 정시에 도착하는
밀양역 플랫폼에 서늘한 봄비 몇 점
온몸을 내어준 강물 소리 없이 흐른다

아리랑 가락가락 철길 따라 늘어진다
'다음은 동대구역 5분 연착합니다'
승객들 쏟아지는 거리 검은 우산 총총하다

손품을 팔다

전봇대 벽보판을 달리던 종종걸음
목련의 속살들은 마당귀를 밝히는데
눅눅한 부엌 딸린 방 보일러가 차갑다

딱딱한 등받이에 엉거주춤 기댄 시간
다방 직방* 넘나들며 커서를 쫓고 있다
원룸이 줄 서는 거리 흰 목련은 지는데

* 다방 직방 : 부동산 앱.

용접

널 만난 순간순간 불덩이는 꽃이 된다
잡았다가 놓았다가 긴 거리를 당기면
절정에 나는 녹는다
붉은 포옹 후끈한

손마다 지문들은 다 닮아 꽃이 핀다
꽃잎들 흩어지고 증언할 길 없다 해도
절정에 나는 녹는다
내 어머니 어머니처럼

12시

분 내음
확 풍기는
봄밤의 발자국들

가로등을 지웠다
새소리 숨죽였다

보름달
열애 중이다
찔레꽃에 기대어

탱자나무

연무대* 외진 길가 쪼그라든 장승이다
창창한 잎들은 시린 발에 서성이고
검푸른 가시 사이로 비쩍 마른 탱자 두 알

몇십 년을 버텨온 어미가 저러했을
여린 바람 칭얼대며 빈 젖가슴 파고든다
뽀얀 젖 촘촘히 돌아 다시 버는 하얀 꽃

* 논산 육군 훈련소.

참치 캔

긴 바다 헤엄치던 생각은 굳어있다
녹았다가 얼었다가 해체되어 쪄진 몸에
등뼈를 받치고 있는 실낱같은 물고기들

한 뼘도 되지 못한 캔 안에 갇힌 세상
X-ray 통과하고 오일을 첨가한다
샅샅이 공개된 이력 비어가는 바닷속

사정없이 닫히는 뚜껑 깜깜한 절벽이다
혼획이 건져 올린 물고기의 아우성
짓무른 어부의 눈물 참치 캔이 부푼다

괴다

퍼질러 앉아있는 늙은 호박의 가을에
천년을 버텨낼 정자의 네 기둥에
한 몸을 기꺼이 바친다
뜨거운 오랜 사랑

지하철 공사 현장 철근의 진한 무게
어깨를 내어주는 이방인의 낯선 단어
그 위를 씽씽 달린다
코리아의 핑크빛

청량사

워낭이 풍경風磬 소리
벼랑까지 끌고 간다

하늘다리에 매어둔 놀
소 한 마리 끌고 간다

단풍도
극락왕생하는
귀가 맑은 청량사

화살나무

가을에 날려 보낸 화살의 무덤이다
붉게 물든 단풍은 소문만 무성하고
더러는 꽃 핀 흔적들 가뭇가뭇 말라있다

시위를 떠나버린 시간의 무덤이다
방향을 잃어버린 무수한 코르크 날개
완만한 곡선을 그리다 가벼이 주저앉고

떠나버린 것들은 돌아오지 않는다
가난한 마당 한켠 열어지는 잔설처럼
오늘도 가 닿지 못한 남은 말이 떨고 있다

전깃줄

늙어버린 빌딩 벽을
힘겹게 오르고 있다

등 하나 달지 못한
깡마른 핏줄만 남아

나의 시
희미한 골목
낡은 책을 기웃댄다

분꽃 피는 밀면집

피다가 오므리다 목마른 분꽃 화단
소나기 지나간 뒤 톡 쏘는 맛이 모였다
새까만 씨를 품고서 긴 팔월이 줄 선다

우려낸 시간들이 분꽃을 피워낸다
나팔을 길게 불어 소문이 퍼져가면
쫄깃한 가락가락에 동동 뜨는 살얼음

가난한 허기들이 그릇 가득 담겨있다
휘어진 등허리에 얇게 저민 무 몇 조각
여름이 살살 녹는다, 움츠린 어깨에도

민들레 경로당

재건축 아파트가 씨방처럼 부푸는 길

옹기종기 모여 핀다, 운촌의 노란 대문 집

꽃잎은 날려 보내고 지팡이만 남았다

화투 패로 점쳐보는 꽃씨들의 늦은 안부

바람에 흔들리다 지팡이는 여위는데

아파트 창가에 걸려 저녁이 오고 있다

5부

환삼덩굴

– 지슬리

풍각댁 거친 손이
개울까지 따라 나와

혼자 키운 외아들의
뒷모습을 배웅한다

물기도
말라버린 바닥
시퍼렇게 덮는다

기념 타월

얼굴을 닦아주고 젖은 머리 감싸주던

글씨가 흐릿하다, 김끝순 님 칠순 기념

올올이 새겨 넣었을 지난날이 풀려있다

언니에게 치이고 동생에게 양보했을

김끝순 아지매의 보풀 같은 일상들

뽀얗게 삶아내었다, 햇살이 촘촘한 날

브로치

새 한 마리 왼쪽 가슴에 그녀는 품고 산다
톡 하고 건드리면 날아오르는 눈물들
지나온 보푸라기가 날개에 일렁인다

눈썹은 부드럽게 입술은 뚜렷하게
또각또각 새 구두가 몸무게에 흔들린다
양념 밴 손가락 끝에 선명한 매니큐어

접어둔 서랍 속에 연분홍 새의 날개
유니폼 이름 석 자 다시 없는 푸른 날
이력서 비워진 공간 달빛으로 채운다

누렁이

–지슬리

누렁이가 집집마다 밤이슬을 맞고 다닌다

이장님 따라나선 봄날의 기억 더듬어

물고 온 짝짝이 신발 보름달이 담긴다

한 짝을 찾아 모인 아침이 부산하다

코로나로 걸음 끊긴 마을회관 꽃은 피고

늦잠 든 누렁이 등을 쓰다듬는 지슬리

복원 10

–오래된 목소리

'컴퓨터 손목시계 금이빨 삽니다'
햇살의 목소리가 창가에 젖어있다
널따란 플라타너스잎 거리마다 지는데

골목에 쌓여가는 한때의 푸른 꿈들
시침도 씹는 일도 화면 속에 멈춰있다
'묵혀둔 가장家長의 어제 그 그늘을 삽니다'

7시

승객을 쏟아내는 가파른 7번 출구
확 퍼진 찬 공기가 얼굴을 밀고 가면
만개한 벚꽃 가지에 가로등이 내린다

돌고 돌아 지쳐있는 이발소 표시등
박음질한 청바지가 정물이 된 옷수선집
일찍 온 어둑살에는 각질들이 쌓인다

24시 편의점 안 하루가 뜨거울 때
호프집 젊은 사장 앞치마를 동여맨다
퇴근길 발걸음 따라 무르익는 골목길

화랑곡나방

떨어뜨린 쌀 한 톨이
어둠에서 부푼다

베란다 천장에도
싱크대 구석에도

그 이름
잊은 줄 알았던
이별은 끝이 없다

반달가슴곰 KM-53*

계절이 짙어와서 더 보이지 않는다
윤기를 잃어버린 백두대간 수풀 사이
바람의 낯선 소문들 무성하게 쏟아질 뿐

천년을 길들여 온 야성은 살아있어
오가는 발걸음에 반달 가슴 자꾸 뛰어
철 지난 동면冬眠을 향해 걸어가고 있는가

꿀벌도 흰개미도 자취 감춘 어둔 밤은
철골만 앙상한 끝없는 긴 울타리
도시는 콘크리트 위에 열대림을 세운다

* 2015년 지리산에 방사된 '반달가슴곰 KM-53'은 지리산을 수차례 탈출해 결국 2018년 김천 수도산에 방사되었는데 2019년에는 구미 금오산에서 발견되었다.

석빙고

꽁꽁 언 긴 겨울을 통째로 가두었다
수시로 찾아드는 비바람 눌러놓고
쩍 하고 금이 가는 하루 못 들은 척 안 본 척

커튼 자락 무거운 철거촌 남은 빈집
고지서 붉은 글씨 우편함에 쌓여가고
안으로 들지 못한 햇살 두껍게 얼어있다

한라봉

요양원 가는 길이 주홍으로 물들었다
한가득 출렁이는 한라봉 윙바디트럭
만 원의 호객 행위에 노을 지는 한라산

먼 길을 달려와도 놓지 않은 초록 잎 하나
배꼽에 매달고서 안간힘을 쓰고 있다
할머니 어릴 적 기억만 주홍으로 빛난다

봄이 헐렁하다

힘주어 부여잡은 목련도 지고 말아
헐거운 손바닥에 골목길이 시리다
텅 빈 집 봄을 떨구고 달아나는 먹구름

꼬불꼬불 걷던 길이 반듯한 찻길 되고
올망졸망 낮은 집은 고층으로 올라간다
곁가지 다 잘라버린 헐렁한 봄 가운데

담장 넘던 수다는 바퀴로 굴러가고
잘린 꽃가지에 눈물인 듯 이슬인 듯
노오란 학원버스만 종일토록 피고 진다

화환

다녀간 표시들이 일렬로 줄을 서서
진짜 글 남기라는 방명록을 쓰고 있다
꽃배달 삼만 구천 원에 추락하는 서비스

재활용 화환들이 말없이 꼿꼿하다
하객들 틈새에도 빛나는 꽃 한 송이
신부는 하냥 웃어도 들러리는 표정 없다

서럽게 떠나는 길 이별이 조화造花라니
지나온 생 꽃길 속에 하얗게 부서진다
생화로 세워주세요 화환들의 긴 외침

태양열 집열판

–지슬리

따가운 햇살들이 폭우로 쏟아진다

기역 자로 구부러진 풍각댁 여윈 등판

세워둔 고춧대 사이

붉은 혈관 흐른다

대한大寒

한때는 뿌리를 단 싱싱한 몸이었다

물기 없는 세상에 잎들은 남아있어

한겨울 바람에 익은 시래기를 삶는다

선달의 각질처럼 질겨진 껍질들

덕지덕지 붙어있는 겨울을 벗겨내면

초록빛 속살 같은 봄 웅크리고 있을까

| 해설 |

생명의 '촉'을 부르는 언어

손진은 시인·문학평론가

정희경은 우리말을 능란하게 구사하면서 의미공간을 두텁게 확보하는 시인이다. 그는 앞선 세대의 큰 산들과 그늘과 그 자양을 흡수하며 성장했지만, 비슷한 연배 시인들과는 다른 자신만의 새로운 상상력과 서정의 결로 자신의 세계를 길지 않은 시간 내에 이룩해 낸 드문 시인이다. 이는 우리가 흔히 보아오는 풍경과 일상의 말이라도 그의 내면을 거치면 새로운 맛을 풍기며 또 다른 의미의 표상과 아우라를 거느리게 되는 점을 보아도 알 수 있다. 대상의 선택과 시화 방식에서 드러나는 그 새로움과

모험은 그 점에서 어설픈 새로움이 아니라 믿을 만한 진실을 동반하면서 우리 삶의 기쁨 혹은 슬픔, 미적 감동을 온몸으로 고양시키는 방향으로 작동한다. 그것은 서정의 본질을 갖춘 언어와 삶의 세부가 만나는 지점에서 발원한다. 사실 '시절가조時節歌調'라는 본래말이 함의하듯 현실에서 발을 빗겨난 순수 서정만으로 시조는 구성되지 않는다. 개인의 정서와 삶의 세부를 비롯한 다양한 맥락이 3장 6구 형식 속에 두텁게 스며 긴장과 탄력을 갖춘 의미구조를 이룰 때 진정한 울림과 감동의 진폭이 형성될 수 있다. 시조 읽기가 텍스트를 둘러싼 여러 맥락과의 긴장 속에서 시인이 숨겨놓은 감동을 발견하고 독자가 다채롭게 의미를 구성해 내는 역동적 대화 과정이라 할 때, 시조의 품격을 지키면서도 상상력의 자유로움이 스스럼없이 잘 녹아든 정희경의 시조는 그 말에 가장 어울린다고 할 수 있다. 예컨대 그의 첫 시조집 속의 한 편,

> 바람이 들락거리는 헛간에 매달려서
> 허공에 파종한다
> 맨살의 마늘 몇 접
> 땅 한 줌 물 한 모금 없는

겨울잠이 아리다

어디 너뿐이랴, 눈물을 감추는 이

홀쭉한 몸을 데워 마지막 남은 힘

때 되면 싹을 올린다

헛발질은

없다, 없다

–「입춘 – 지슬리」 전문

경북 청도에 있는 한 마을 이름을 부제로 한 이 시조는 헛간에 매달린 마늘에 대한 적실한 묘사가 돋보인다. 시인은 식물적 존재에게 운동성을 부여한다. 바로 '파종한다', '헛발질'이라는 말. 다른 시인들이 보지 못하는 빈틈을 발견하여 시화하려는 그 내밀성이 농촌살이의 디테일로만 보이는 이 시조가 "맨살", "물 한 모금 없는/ 겨울잠", "때 되면 싹을 올린다" 같은 구절과 만나 우리 시대의 삶을 환기하는 방향으로 행로를 튼다. 여기서 '헛간', '헛발질'의 '헛'에 주목할 필요가 있다. 그것은 아직 뿌리내릴 곳을 찾지 못하고 삭막한 시간을 보내고 있는 무수한 청년들에 대한 강력한 은유로 작용한다. 청년 실업 문제를 다른 시조들이 대부분 교훈적인 알레고리로 쓰여있다면 이번 시조집의 「죽을 끓이다」에 나타나듯 정희경의 시조는 대상에 대한 예리한 감응력과 비유의 역동성으로 풍경의 서사를 형상화함으로써 시적 입체성을 획득한다. 이런 점에서 정희경은 서정의 본질을 내밀히 구현하는 언어가 구체적인 삶의 세부와 만나는 지점을 정확히 알고 있는 시인이라 할 만하다.

이런 입체적인 묘사 능력은 이번 시조집에서도 여실히 드러난다. 「폭포」「죽순竹筍」「12시」같이 함축적인 매력과 여백을 가지면서도 형태와 내용에서 단숨에 독자를 끌어들이는 빼어난 사물시조가 있는 반면, 대부분의 시조들은 명징한 이미지의 사용과 명확한 주제의식을 통해 삶의 구체적 국면, 현장의 서사가 문맥에서 새로운 의미 자장을 거느리는 특징을 가진다.

꽁꽁 언 긴 겨울을 통째로 가두었다
수시로 찾아드는 비바람 눌러놓고
쩍 하고 금이 가는 하루 못 들은 척 안 본 척

커튼 자락 무거운 철거촌 남은 빈집

고지서 붉은 글씨 우편함에 쌓여가고
안으로 들지 못한 햇살 두껍게 얼어있다
–「석빙고」 전문

'얼음을 보관하는 창고'라는 석빙고의 의미는 첫째 수에서 흉물이 된 채로 한 계절 동안 방치된 집의 미학으로 잘 형상화되어 있다. 그러나 "안으로 들지 못한 햇살 두껍게 얼어있다"라는 둘째 수에서 언어는 정반대로 확장되면서 인지적 충격을 준다. 말하자면 초장 "꽁꽁 언 긴 겨울"과 둘째 수 종장 "두껍게 얼어있"는 햇살이 대척점에서 서로를 팽팽하게 당기는 양가적 의미를 거느리고 있는 것. 이는 정희경 시조의 이미지의 견고함을 단적으로 보여주는 예시로 읽힌다. 첫째 수에 보이는 그 얼음의 켜 속에는 "비바람 눌러"져 있고, 매일이 "쩍 하고 금이" 간 채로 가두어져 있다. 이는 서민들의 막막한 삶과 일상에 대한 묘사라 할 수 있다. 이런 맥락은 둘째 수에서 철거장이나 독촉장으로 읽히는 "고지서 붉은 글씨"가 쌓인 우편함이라는 세부적 묘사에 의해 의미영역이 확장된다. 여기서 "안으로 들지 못한 햇살"이라는 어사가 나온다. '햇살'은 생명, 새로운 기운, 희망의 상징이다. 생명의 기운이 틈입하지 못할 뿐만 아니라 그마저 얼어버린 채 '봉인되어 버린' 희망 없는 서민의 삶이 이 한 편의 시조에 녹아있다. 이는 철거촌에 남은 한 빈집의 을씨년스럽고도 막막한 삶의 서사를 햇살과 얼음이라는 양면적인 속성으로 두텁게 형상화하는 이미지의 조형능력으로 가능했다.

이런 특징은 파도를 비정규직으로, 테트라포드를 기성 체제의 강고함으로 잡은 「테트라포드tetrapod」, 풍각댁의 거친 손길과 환삼덩굴을 오버랩시킨 「환삼덩굴 - 지슬리」, 선거 벽보와 봄날의 들뜬 풍경을 점묘한 「4월, 풍경」, 매화처럼 붉은 상춘객과 소리 없이 흐르는 내 안의 정서를 대비시킨 「부음」, 품 안의 자식들 떠나보낸 골다공증 앓는 노후의 삶과 플로럴 폼을 병치시킨 「플로럴 폼floral foam」, "봄날이 지워진 채 문드러진 가슴 한켠"으로 제주 4·3사건의 상처를 현재화한 「갈치젓」 같은 시조에서도 드러난다.

몸 빨간 소쿠리에 푸른 사과 너덧 알

운촌시장 한길가 뙤약볕에 나앉았다

온종일 누렇게 뜬 얼굴 기다림이 나른하다

단내 쫓던 초파리들 초점이 흐려진다

물기도 말라가고 아삭함도 지워지고

푸석한 몸뚱어리들 날이 함께 저문다
–「대서大暑」 전문

이번 시조집에서 시적 화자가 자신의 시작의 터전으로 삼고 있는 중심 장소 한 곳이 있다. 바로 '운촌마을'이다. 해운대구 우동에 속한 이 마을은 해운대의 발상지인 어촌 마을인데, 1914년 남면 우동리 운촌마을에서 출발한 것으로 알려져 있다. 이 공간은 「씨앗호떡」 「철거 2」 「대서大暑」 「민들레 경로당」 「영산홍」 등 그 지명이 구체적으로 나타나 있는 시조들뿐만 아니라 거의 대부분의 시조에서 화자는 그곳임을 짐작하게 해주는 도시 변두리에 서있다. 그런 점에서 이번 시조집은 '운촌'을 중심으로 방사형으로 공간이 확장되는 특징을 지닌다고 할 수 있다. 그 공간은 정희경 시인의 언어 발굴 현장이기도 하다. 시조 제목으로 쓰인 '씨앗호떡', '짜글이찌개', '빵천동', '화랑곡나방', '빌딩풍', 나아가 '피뿔고둥', '윙바디트럭'이라는 언어는 삶에 밀착되지 않으면 채굴되지 않을 맵짠 언어들이다. 그것은 시조에서 제대로 쓰이지 않는 말이거나 미처 발견해 내지 못한 언어들이다.

정희경은 이런 언어의 천착뿐만 아니라 「주꾸미와 코다리」 「박태기나무」 「죽을 끓이다」 같은 작품에서 보이는 바와 같이 낮은 자리에 처하지 않으면 알 수 없을 눅진한 삶의 세부 묘사를 통해 시조의 영역을 확장해 놓았다.

시인은 도시 변두리 사람들의 삶에서 음습하고 비극적인 부분만 응시하고 있지는 않다. 오히려 생명성의 상실을 다룬 「석빙고」도 생명을 노래하기 위한 시적 전략으로 시도하고 있음을 어렵지 않게 볼 수 있다. 정희경 시조의 미적 양상을 생명의 '촉'으로 잡은 이유이기도 하다.

국밥집 노할매의 목소리가 굵어진다
'그래도 내한테는 금쪽같은 자식인 기라'
창문을 두드리는 비
삿대질이 한창이다

다섯 살 언저리의 마흔다섯 칠봉 아재
그 많던 손님 곁을 사슴처럼 뛰는 날
문 닫고 뜨겁게 말아낸
붉은 국밥 두 그릇
–「장마」 전문

남포동 고소한 줄 운촌시장 건너왔다
마흔둘 이력 적힌 노총각의 종이컵
차지게 늘어진 오늘 따뜻하게 담겼다

몇 번을 주물러서 숙성된 햇살 덩이
고시원 전전하다 발길이 멈춰있다
씨앗을 가슴에 품어 발아하는 내일처럼

구름이 모여 사는 운촌시장 그 처마 끝
뜨거운 프라이팬 버터기름 홍건해도
씨앗은 손길을 따라 한 송이 꽃 부푼다
–「씨앗호떡」 전문

두 편의 시조에서 모두 서사의 이미지화가 드러난다.

「장마」의 스토리를 요약해 보면 다음과 같다. 밖의 빗소리 때문인지 손님들 흥성스러운 분위기 때문인지 마흔다섯이면서도 다섯 살 지능을 가진 칠봉 아재가 엄청나게 몰린 "손님 곁"에서 "사슴처럼 뛰"었고, 손님들이 놀리는 한바탕의 소란이 일어난 모양이다. 이를 지켜보던 노할매가 참다못해 굵어진 목소리로 "그래도 내한테는 금쪽같은 자식인 기라"를 내지르고는 문을 닫아걸고 국밥을 두 그릇 말아낸다. 여기서도 할머니, 아들의 목소리와 동작을 빗방울("굵어진다", "사슴처럼 뛰는")로, "창문을 두드리는 비"를 손님들의 "삿대질"로 서로 속성을 호환하며 묘사함으로써 절제된 이미지가 감상感傷을 통어하고 있음은 물론이다. 시인이 느끼는 생명성의 발현은 순박한 여인으로만 보이던 노할매가 자식 앞에서 결기를 내보이는 장면일 것이다. 누추함을 향해 뻗어 내린 연민의 뿌리, 자기의 죄업마저도 끌어안고 곰삭히는 할머니의 도저한 모성의 촉기가 살아있는 곳이 시장 골목이다.

「씨앗호떡」은 시장 바닥 마흔둘 노총각의 삶의 서사를 다룬다. 고시원을 전전하다 이곳에서 발길이 멈춘 그는 남포동에서 건너온 '씨앗호떡' 장사를 하면서 겨우 뿌리를 내리는 중이다. 그의 인생처럼 운촌시장은 온갖 뜨내기 "구름이 모여 사는" 곳이다. 시장은 그런 뜨내기들을 너끈히 보듬어 안는다. 시장은 폐허화된 존재를 일으켜 세우는 뿌리라는 의식이 여백에 깔려있다. 정희경에게 시장 사람들의 삶은 과거가 아니라 신산을 넘어온 현재다. 이런 시인의 시선과 태도는 이런 사람들에게 연민을 넘어서 생명의 발아와 개화 쪽으로 기운다. 그것은 "차지게 늘어진 오늘 따뜻하게 담"아 타자를 위무하고, "햇살덩이"마저 "숙성"시켜 내일을 발아시킨다. 마침내 그 씨앗은 "한 송이 꽃"으로 부풀어 오른다. 시인은 씨앗에서 발아를, 호떡의 둥긂에서 꽃의 형상을 잡아낸다. 이때 "버터기름 흥건"한 "뜨거운 프라이팬"은 질척한 도시의 속성이 오히려 꽃을 피우는 동력이 될 수 있음을 보여주는 것이다. 건강한 노동이 한 송이 꽃으로 향기를 뿜어낸다. 이런 개화는 생명의 연대를 불러 한 개인의 삶뿐만 아니라 시장 사람들이 저마다의 꽃을 피워 시장이 울긋불긋한 꽃밭으로 거듭날 수 있을 것이라는 인식이 그 속에 내재되어 있다.

이와 같은 인식은 우려낸 밀면과 분꽃의 톡 쏘는 맛을 병치시킨 「분꽃 피는 밀면집」, "빵천동 달콤 폭신한 꿈 골목 따라 흐른다"는 「빵천동」에서도 드러나고 있거니와 생명 쪽으로 향하는 정희경의 시적 지향으로 읽힌다. 이 과정은 역동적이고 입체적인 방향으로 진행된다. 그 시도는 먼저 화자를 통해 실현된다.

90℃ 커피가 자꾸 화를 돋우더니
서서히 식고 있다 온몸이 축축하다
늦도록 불 밝힌 사무실 만년 대리 책상 위

새벽을 들이켜는 손가락이 희고 길다
복사기의 거친 숨결 보고서를 씹고 있다
한순간 사정없이 구겨져 던져지는 24시

간벌한 숲 사이로 울리는 브라보 소리
두 손으로 감싸는 체온은 남았는데
찰나가 지나간 거리 칼바람에 밟힌다
–「종이컵」 전문

'종이컵'이 시적 화자로 나타나면서 생명성의 실현은 시적 긴장감과 극적 효과를 얻고 있다. 정희경의 시조 쓰기는 사람의 눈이 아니라 종이의 몸과 배(첫째 수), 종이의 눈(둘째 수), 나무의 입과 귀, 몸(셋째 수)이 되어 절실하고 적극적인 입장으로 수행된다. 여기서 시인은 나무가 되고 종이가 되어, 베어지고 찢어지고 밟히는 과정 중의 주체로 기능한다. 숲의 나무가 베어져, 종이컵이 되어 커피를 담고, 구겨져 던져지고, 다시 거리에 버려져 밟히는 과정은 그대로 생명성이 찢겨 나가는 시간이다. 첫째 수에서 컵은 뜨거운 커피에 화가 나고, "서서히 식"으며 "온몸이 축축"해진 상태로 "늦도록 불 밝힌 사무실 만년 대리"를 지켜본다. 이 창백한 대리는 자본주의에 소모되는, 고골의 「외투」에 나오는 아카키 아카키예비치 같은 인간이다. 둘째 수에서 종이컵은 자신의 몸에 담긴 새벽(커피)을 마시는 만년 대리의 희고 긴 손가락을, 연이어 자신과 같은 입장에 있는 복사기 속 씹히는 보고서를 보다가, 그 몸이 "사정없이 구겨져 던져"진다. 피로의 극점 24시, 자정의 시간이다. 셋째 수는 입체적인 묘사가 시간성과 공간성을 내장함으로써 현장감이 배가된다. 특히 종이컵이 나무였던 전생을 떠올리는 초장은 주목할 필요가 있다. 그곳은 나무와 새와 짐승과 흙과 공기가 하나의 울림으로 공존하는, 모든 것이 푸르러지고 죽은 자들이 살아나는, 생명성이 빛을 발하는 숲의 시간이다. 구성을 살펴

보면 자연 속 생명의 첨예한 촉수로 존재하던 시간(초장), 만년 대리의 체온이 남겨진 종이컵의 시간(중장), 마침내 칼바람에 밟히는 버려진 시간(종장) 등 전생과 후생의 이질적인 시간이 중첩되어 나타나면서 극적인 양상을 띤다. 시인이 억압당하는 생명의 눈으로 이 세상과 사람을 바라보고, 찢기는 생명의 언어로 이 세계를 그리는 것은, 자연에서 생명의 촉수를 발견하도록 독자에게 성찰과 결단을 부여하기 위해서다.

이런 생명의 맥락은 왜가리, 쇠오리, 숭어와 센텀시티를 대비시켜 죽은 수영강을 잡아낸 「숭어와 센텀시티 5 - 적조」, 시인이 영혼의 고향이라고 생각하는 마을까지 쳐들어와 고춧대로 표상되는 자연까지 녹여버리는 태양광의 폐해를 묘사한 「태양열 집열판 - 지슬리」, 무분별한 혼획의 문제를 미적으로 승화시킨 「참치 캔」, 지구온난화로 꿀벌과 흰개미 같은 동면을 위한 먹이조차 사라진 생태를 형상화한 「반달가슴곰 KM-53」을 비롯한 여러 작품에서도 잘 드러난다. 시인은 숲을 밀어내며 '푸른 마을', '그린', '청정'이라는 가짜 이름을 붙이는 자본주의적 현실에서 "한때의 푸른 꿈들", "묵혀둔 가장家長의 어제 그 그늘"을 복원하고픈 의지(「복원 10 - 오래된 목소리」)를 튼실하게 드러낸다.

이런 시적 지향이 지속, 심화되면서 시인은 변모를 추구하는데, 그것은 스케일의 변주와 상황 반전 능력을 통한 생명성의 확산이라 할 수 있다. 여기에는 동서양의 역사와 문화, 관습이 녹아들어 있으면서도 내면화된 양상으로 나타난다. 먼저 화자 '나'의 여행 체험을 통해 과거를 소환하고 그 해후를 통해 그 순수와 생명으로 다가가는 시편을 만나보자.

어릴 적 잃어버린 아버지의 사다리
먼 시간을 달려와서 센강에 서있다
별 하나 따러 가시던 내 유년의 아버지

폴 고갱을 그리다가 몽마르트에 잠든 날들
화폭을 가득 채운 현란한 색채 너머
쌀 한 줌 일상의 기도는 당도하지 않았다

불 켜진 긴 사다리 도시에 별이 뜬다
녹이 슨 계단 따라 센강은 삐걱이고
벽면의 풍경화 한 점 사다리를 오른다

–「에펠탑」 전문

화자는 에펠탑에서 어릴 적 기억 속 아버지의 사다리를 만난다. 아버지는 잇속을 챙기는 현실적 삶보다는 "별 하나 따러 가시던", 낭만적이고 이상적인 삶을 추구하다 좌절한('잃어버린 사다리') 인물이다. 화자 역시 아버지를 닮아 순수하기는 마찬가지. 타히티라는 이상화된 원시 자연 속의 여인을 그린 화가 폴 고갱의 삶을 따르고 동경하며 방황한다. "몽마르트에 잠든 날"은 그 방황의 지표다. "화폭을 가득 채운 현란한 색채 너머"의 싱싱하고도 화려한 생의 설계를 하지만 "쌀 한 줌 일상"은 개선될 기미가 보이지 않는 가난한 시절을 보내기를 수십 년, 오늘 이국땅 불 켜진 에펠탑에서 화자는 덜컥 아버지의 사다리를 발견한다. 사다리는 일상을 넘어 순수이자 생명의 촉수인 별로 향하는 통로가 아닌가. 화자는 이제 아버지의 사다리가 된 에펠탑 계단을 따라 오르는데, "잠든 날들"을 깨우기라도 하듯 계단처럼 삐걱이며 강물이 흐르기 시작한다. 강의 활물화는 아버지의 감정에 이입된 화자에게 생명의 촉기가 싹트는 양태이다. 이때, 놀라워라, "벽면의 풍경화 한 점"이 "사다리를 오"르는 게 아닌가?

"벽면의 풍경화"는 순수한 빛을 향한 생을 추구하다 좌절했다고 생각한 아버지의 모습. 화자의 내면에서 아버지는 좌절한 것이 아니라 순수를 향한 몸짓을 계속하다 이제 영원히 빛나는 생명의 촉수, 별을 만질 수 있게 된 것이다.

인간에게 가장 소중한 것으로 남아있는 것은 인간이 잃어버린 어린 시절의 기억 속에 녹아있다. 위 시조의 아버지가 그렇듯, 시인이 지향하는 인간상은 자본주의적 현실에 복무하는 인간이라기보다는 생명의 순연한 빛에 닿고자 하는 내적 인간에 가깝다. 그것은 생명의 섭리에 따라 내가 태어난 곳으로 되돌아가려는 순명의 의지일 것이다. 그리하여 태초의 숨이 돌고 피가 도는, 생명의 기운이 반짝이는 곳에 도달하고자 하는 것이다. 그것은 주로 동서양 여행시편에서 실현되는데, 브라질 북부, 식민지의 혹독한 현실에서 "신화는 흘러가도 맥박은 반복되"(「레이스 짜는 여자」)는 지속적이고 정교한 생의 힘줄, 레이스를 짜는 행위에서도 드러나고, 맨발로 긴 벼랑을 올라 막다른 곳에 관을 놓는 중국 묘족의 풍습에서 "허공에 붉게 매달린 귀환"(「현관懸棺지기」)의 가벼움을 노래하는 시편에서도 나타난다. 여기에 이르면 정희경의 생명

추구는 일상의 삶에서 영원과 태초를 향한다.

고흐가 선물해 준 해바라기를 두고 내렸다

타히티역 출구에 후두둑 비가 내린다

떠나온 아를의 방에 해바라기 피겠다

손을 떠난 우산은 사이프러스의 별이 되거나

거울 속 자화상으로 선명히 남아있다

원시의 타히티섬엔 해가 반짝 나겠다
–「우산에 관한 기억」 전문

정희경의 시조는 마침내 "해바라기"라는 대상을 영혼의 눈으로 조감하는 데에 이른다. 문맥상으로는 고갱이 시적 주체이기는 하지만 독자는 굳이 시적 주체를 고갱으로 한정하고 읽을 필요는 없을 것이다. 독자 누구라도 그 주체가 되어 그 과정에 참여하도록 여지를 열어두고 있다. 그것은 고흐로부터 비롯된 해바라기의 '노랑'이 상징하는 생명성으로 인해 사물공간과 우주공간이 살아나는 상상력의 띠와 다발이다. 이 시조에서 이미지를 이끄는 근원 동력은 "두고"(첫째 수 초장), "떠나온"(첫째 수 종장), "떠난"(둘째 수 초장)이라는 망각 혹은 무심의 어사다. 두고 와서 손을 잡을 수도, 볼 수도 없지만 해바라기가 그려진 우산은 공간을 초월하여 내밀히 싹을 틔운다. 화자가 지하철 – 이 노선은 시인의 내면에서 고갱의 타히티역까지 연결된다 – 에서 노란 해바라기 그림이 있는 우산을 두고 내린 이 작은 '무심' 하나가 생명의 발화점을 최대치로 거느리는 기적, 그것은 고갱의 타히티에도, 둘이 거주했던 남프랑스 "아를의 방"에도, 사이프러스의 밤하늘에도, 마침내 거울 속이라는 내면으로까지도 작동하며 뜨거운 시간의 예감으로 충만하다. 그것을 촉발하는 것은 비와 해와 별과 방이다. 비는 생명을 품어 안아 틔우는 매개이며, 생명을 피우느라 매일매일 부지런한 해 역시 생명의 발화에 기여한다. 별은 천공天空의 영원히 빛나는 생명이고, 방은 생명을 배태하는 자궁이라는 함의를 가진 거소라는 점에서 이 시조는 공간의 최소치와 최대치를 거느리며 사방으로 우주로 꿈틀거리는 생명의 만다라를

마련하고 있는 것이다. 생명의 축을 품은 정희경의 언어가 다다른 최종 지점이라 아니할 수 없다.

흐르는 그 생명성의 언어. 정희경은 '운촌마을'에서 출발하여 방사형으로 그 지평을 넓히면서 삶의 실팍한 현장에 뿌리를 박다가, 나무와 새와 짐승과 흙과 공기가 하나의 울림으로 공존하는 숲의 시간을 꿈꾸다가, 낯선 종교와 풍물과 사람 사이에서도 태초의 숨이 돌고 피가 도는 기운을 발견하고, 작은 사물 하나에서 우주가 꿈틀거리는 생명의 만다라를 만나는 지점까지 이른 것이다. 앞으로 펼쳐 보일 그의 시조세계가 기다려진다.

정희경

1965년 대구에서 출생하여 경북대학교 국어국문학과를 졸업했다. 2008년 전국시조백일장 장원과 2010년《서정과현실》신인작품상 당선으로 등단했다. 현재《한국동서문학》편집장과《어린이시조나라》편집주간을 맡고 있으며 '영언' 동인으로 활동하고 있다. 서울문화재단 창작지원금을 받았고 우수출판콘텐츠 제작 지원 사업에 선정되었다. 시조집으로『지슬리』『빛들의 저녁시간』, 평론집으로『시조, 소통과 공존을 위하여』가 있다. 가람시조문학신인상, 올해의시조집상, 오늘의시조시인상, 부산시조작품상을 수상했다.
gmlrudj@hanmail.net

해바라기를 두고 내렸다

—

초판 1쇄 2020년 8월 31일
지은이 정희경
펴낸이 김영재
펴낸곳 책만드는집

—

주소 서울 마포구 양화로3길 99, 4층(04022)
전화 3142-1585·6
팩스 336-8908
전자우편 chaekjip@naver.com
출판등록 1994년 1월 13일 제10-927호

* 이 도서는 한국출판문화산업진흥원의 '2020년 우수출판콘텐츠 제작 지원' 사업 선정작입니다.

—

ISBN 978-89-7944-736-1 (04810)
ISBN 978-89-7944-354-7 (세트)